病毒無公休

——陳秀珍詩集

「含笑詩叢」總序／含笑含義

叢書策劃／李魁賢

　　含笑最美，起自內心的喜悅，形之於外，具有動人的感染力。蒙娜麗莎之美、之吸引人，在於含笑默默，蘊藉深情。

　　含笑最容易聯想到含笑花，幼時常住淡水鄉下，庭院有一欉含笑花，每天清晨花開，藏在葉間，不顯露，徐風吹來，幽香四播。祖母在打掃庭院時，會摘一兩朵，插在髮髻，整日香伴。

　　及長，偶讀禪宗著名公案，迦葉尊者拈花含笑，隱示彼此間心領神會，思意相通，啟人深思體會，何需言詮。

　　詩，不外如此這般！詩之美，在於矜持、含蓄，而不喜形於色。歡喜藏在內心，以靈氣散發，輻射透入讀者心裡，達成感性傳遞。

　　詩，也像含笑花，常隱藏在葉下，清晨播送香氣，引人探尋，芬芳何處。然而花含笑自在，不在乎誰在探尋，目的何在，真心假意，各隨自然，自適自如，無故意，無顧忌。

　　詩，亦深涵禪意，端在頓悟，不需說三道四，言在意中，意在象中，象在若隱若現的含笑之中。

　　含笑詩叢為臺灣女詩人作品集匯，各具特色，而共通點在於其人其詩，含笑不喧，深情有意，款款動人。

　　【含笑詩叢】策畫與命名的含義區區在此，幸而能獲得女詩人呼應，特此含笑致意、致謝！同時感謝秀威識貨相挺，讓含笑花詩香四溢！

自序：見證

　　詩分二輯，分別詩寫2019年與2020年開始的世界大事。

　　【輯一·催淚之城】，寫香港反送中事件。看清一國兩制假面，爭取自由與人權、意志堅決的香港年輕人，站上街頭試圖改寫港人悲劇，都不願向暴力下跪，深怕一下跪，整個香港再也站不起來。港人抗爭，為自己帶來生命之危，多少黑髮人為此紛紛寫下遺書，留給白髮父母。

　　身在臺灣的我，也被遠在香港的催淚彈催淚，我把淚珠化成文字。從2019.08中旬最慘烈的抗爭開始書寫此一充滿血淚、極具人性光明面與黑暗面對抗的事件。

　　蒙塵的東方之珠，能否因港人血淚擦拭重綻光華，有待繼續關注！

　　【輯二·病毒無公休】，詩寫武漢肺炎──極可能成為世界歷史分水嶺的事件，場域以筆者身居的臺灣為主，旁及海外窮於應付的慘狀，包括病毒發源地中國，以及東南亞、歐美。2020.01.31寫下第一首詩起始，以近乎每天一詩的速度，記錄人們面對武漢肺炎的情緒波動以及繃緊神經的防禦，在命運共同體的認知下，國人空前團結。

　　病毒形成隱形超強部隊，從一國攻進另一國，從一洲攻進另一洲；攻陷醫院；攻陷監獄；攻陷軍隊；攻陷超市；攻垮股市；攻垮笑容……。過了一年，2021年病毒依然肆虐海外，瘟疫依然在世界各地蔓延，武漢肺炎依然拉近搖籃與墳墓的距離。臺灣因為政府與人民滴水不漏的防護措施，變成舉世艷羨的安全島；可惜在2021年5月臺灣也出現破口，疫情爆發，習慣每日零確診的國人開始進入三級警戒的防疫。

人健忘，但文字為人留下無法磨滅的歷史，一首一首詩讓我們記得初始面對病毒橫掃，人群在藥房外走道上排長長人龍的景象；記得在人海中一呼一吸都充滿沉重壓力；記得戴上第一個口罩時，有如攜帶抵抗病毒的盾牌，壓力瞬間釋放；記得2020年3月在要不要媽祖繞境的爭議中，國人何其焦躁不安；記得兇手製造謊話和瘟疫比賽傳播速度；記得靈車駛過南歐哀傷的街道；記得羅馬居民在陽臺以歌聲群聚當防護衣，也以歌舞為醫護人員加油；記得世上很多超市被清空；記得……。

作為上帝安排，大時代億萬見證者之一，我以詩為證：

> 這是製毒和至毒的時代
> 也是治毒的時代
> 這是放毒的時代
> 也是解毒和戒毒的時代
>
> 這是漂白和抹黑的時代
> 這是撒旦假扮上帝的時代

這是聖神緘默
惡魔橫行的時代
這是學習解讀上帝旨意
最黑暗
可能也是最光明的時代

目　次

【輯二・病毒無公休】

014

【附錄】英／西譯詩

【輯一・催淚之城】

序詩：不要殺我的孩子！

青少年被迫提前長大
走出溫暖臥房
與青年站上街頭
一起面對國家暴力
白髮人被逼到前線
用恐懼悲傷加憤怒的聲音說：
「不要殺我的孩子！
他們是上帝的孩子！」
但獨裁者自認是上帝
不放過任何異教徒
一位父親看到失聯的兒子
正被拷上手銬帶走

孩子都不願向暴力屈膝
深怕一下跪
整個香港再也站不起來

2019.11.20
《笠》335期2020年2月號

妳的眼球
——記香港反送中運動

用天賦的眼睛

尋找天賦的人權

警察的子彈自封

真理與正義

妳的眼睛是暴徒

該死

子彈飛來擊中右眼球

人生一半失明

在紅色淚水中

在失明的城市裡

妳用另一邊眼球

尋找人性的光明

我在千里外

想用白紗布拭去

妳的驚懼與悲哀

2019.08.14

《文學臺灣》112期2019年10月秋季號

香港的明天

地鐵站忽成毒氣場
武警嫌港人流淚不夠
催淚彈伺候
被他們當成蟑螂的示威者

情書尚未甜蜜祭出
改成難以下筆的訣別書
致父母的遺書淚漬斑斑
在沉重的背包

朋友變陌路
武警偽裝同志
棍棒齊飛在至愛的故鄉
在死神面前以愛壯膽
為自由民主向強權宣戰
用大合唱表白信仰

未來的預言家
未來的歷史學家
可能先成為烈士
香港的明天會天明？
或失明？

2019.08.15

《笠》334期2019年12月號

催淚之城

每天上演
被朝陽喚醒的悲劇
港人用卑微之力悲壯之心
試圖
改寫悲劇

2019.10

《笠》334期2019年12月號

催淚彈

踏進地鐵變成悲劇主角
無人示威的街道
餐廳被伺候催淚彈
搭公車也吃到催淚彈
被催淚過的眼睛更加清醒
看穿一國兩制的假面

2019.10

《笠》334期2019年12月號

胡椒噴霧

胡椒噴霧噴向手無棍棒
只有雨傘口罩與口號的人
噴霧被下毒與咒腐蝕皮肉
留下信仰民主的圖騰
噴霧妄想腐蝕港人
鋼鐵意志

2019.10

《笠》334期2019年12月號

棍棒

警棍豎起

搥擊人民身體像擊打戰鼓

引發骨肉共鳴疼痛

警察豎起耳朵

期待聽見哀鳴求饒

天生嚮往自由的聲帶禁不住

用更大分貝上街

呼喊民主

2019.10

《笠》334期2019年12月號

申請核准

一家三口上街屬非法集結
跑步須要申請核准
聚餐須要申請核准
我唾棄你
不須你核准

2019.10

《笠》334期2019年12月號

民主課程

催淚彈催出滿眼滿城淚水
澆不熄獨裁者
滿眼怒火滿心恐懼

不知來自何方的武警
攻進校園打人抓人
求學殿堂瞬間淪為烽火戰場與刑場
青年決心以鮮血鋪成民主之路
用一紙遺書對抗
不知何時將飛來的實彈

校園被圍攻
警方留一條活路原來是誘捕
在死神面前
在身體消亡之前
青年活出人的尊貴與價值
示威者正在用生命教授

缺乏民主基因的人
民主自由的課程

2019.11.19
《笠》335期2020年2月號

2019年

學生放下書本
上班族辭職
一起站上街頭爭取民主
寫下不當奴隸的歷史

25歲生日許願自由民主
兩日後被捕
空氣裡沒有自由
只有被獨裁者污染的毒氣
街道上沒有民主
只有獨裁者鋼鐵的意志

爸爸媽媽請原諒我
感謝你們給我寶貴生命
我無法如你們所願好好讀書工作
做一個平安過活的人
我選擇站在勇氣良知這邊
上街頭捍衛心中核心價值

請始終無悔
支持我！

2019.11.19
《笠》335期2020年2月號

淚

警察變成獨裁者的手
性侵抗議者
屠殺抗議者
裸屍抗議者

隔海的人也被催出
同情的淚
心痛的淚
悲憤的淚

眼淚匯成怒濤
具有翻覆的力量
獨裁者無法理解

2019.11.20

《笠》335期2020年2月號

戰場理工大學

在大學附近拘捕
什麼都沒做的年輕人
在校園裡無差別的捕捉
使得作家廚師學生……
擁有無差別的命運

身為年輕人是有罪的
身為作家是有罪的
身為廚師是有罪的
同情被國家暴力殘害是有罪的

被抓走的人遭到羞辱
被抓走的人不知去向
被抓走的人可能被自殺
每一個被暴力的身體是一塊磚
充滿恨的記憶
疊高獨裁者與人民之間的牆

如果有來生
有誰願意當中國人？
每一滴淚每一滴血都回答
不願意！
不願意！

2019.11.22
《笠》335期2020年2月號

雙城

隔一個海峽的距離
我的眼睛
天天被香港催淚彈催淚

再一個月
聖誕老人將會巡迴各國送禮物
那時的香港
會收到自由民主的禮物嗎？

再一個月
世界的天空
將要到處燃放歡樂的煙火
那時的香港
是否還在被催淚彈的煙霧猛攻

2020年前夕
當世界打開數億喉嚨
倒數新年

那時的香港
會為和平的曙光倒數計時嗎

香港被毒打
我聽到慘烈的骨折
臺灣有些染紅的媒體
卻在幫獨裁者助打
他們沒有子弟在香港的任何地方
吃到催淚彈或者被打壞眼球

在我用傘輕鬆抵抗多雨的臺北天空
香港人正在用黑傘抵抗暴力強權

我總在等不到回家的公車時
不斷抱怨
但被困在理工大學的青年
有的想回家卻被斷路
有的選擇留在戰場的校園

香港啊香港
從螢幕中看你
你就在我身旁
當我伸出手
你卻在我握不到的遠方
我實在不知道如何幫你
我只清楚看見
你正在用生命盡力燃放
人性的光芒
勝過任何煙火的燦爛

2019.11.23

《笠》335期2020年2月號

【輯二‧病毒無公休】

序詩：病毒無公休

星期一
病毒奪走詩人生命
世上少了好幾本詩集
星期二
病毒奪走建築師生命
世上少了幾座經典建築
星期三
病毒奪走提琴家生命
有人的生命斷了弦
星期四
病毒奪走神父生命
世上多了好幾個罪人
星期五
病毒奪走小孩生命
世上多了幾顆破碎的心
星期六
病毒奪走男人和女人生命
世上多了一些孤兒

主日
病毒並未休息

2020.04.23

"Musings During a Time of Pandemic—A World Anthology
of Poems on COVID-19"（以Weekday為題，入選
《在瘟疫期間沉思──武漢肺疫世界詩選》2020.12）

口罩罩住口鼻

口罩罩住口鼻
露出兩隻眼睛深呼吸
憂鬱
何時才能還給口鼻
自由
呼吸

年假漫長
旅遊計畫喊卡
自行禁足圍牆中
病毒無拘無束
從他國原鄉出發旅遊國際
各國官民緊繃神經
出門人人自危
人人都有攜帶病毒嫌疑

千金難以買到口罩
有人謾罵暫禁出口口罩的是狗官

不追究是誰隱匿世紀病毒
任其隨空氣隨飛沫越境
不在意是誰反對臺灣進入世衛組織

2020.01.31

《笠》336期2020年4月號

一呼一吸都充滿壓力

病毒
讓人一呼一吸都充滿壓力
億萬人口同時戴上口罩
行走在病毒飄忽
不被信任的空氣裡

病毒
拉開人與人的安全距離
眾口議論病毒是人工培殖
毒殺他國的利器
億萬人口行走在被下毒的地球
不敢咳嗽
怕被懷疑已遭病毒潛伏

一場瘟疫
讓人發現病毒包裝在人體
走私進入國境
翻版木馬屠城

人類用口罩過濾
讓人停止呼吸的病毒
人心劇毒
如何過濾？

2020.02.06

《笠》336期2020年4月號

無神論者扮演神

無神論者扮演神
創造新型病毒
企圖掌控世界
病毒反噬自己的國
世人跟著陪葬

在謊言的國度
說實話
小心被釘十字架
醫生揭發病毒真相
為蒼生說過話
立刻成為活祭犧牲

封口之後封城
逃難者在瘟疫蔓延的國土
被病毒追殺
長夜漫漫
看不見曙光

瘟疫終將被送進歷史

人性狂妄

誰給解藥？

2020.02.09

《笠》336期2020年4月號

全世界公敵

病毒

全世界公敵

億萬顆眼睛

每天關注新聞

多少人被攻擊？

多少人被變成屍體？

眼淚澆不熄焚化爐的烈焰

空氣瀰漫死亡氣息

冤魂因人性與制度造成

來不及抗議

來不及申冤

帝國封口封城封省

病毒迅速拉近

從搖籃到墳墓的距離

2020.02.10

《笠》336期2020年4月號

變種病毒在人類口水潛伏

病毒
被媒體公布真面目
形象
不比某些人醜惡

病毒脫掉人性偽善面具
某些人在政府禁止出口口罩時
痛批官員沒人性
當在藥房排隊
搶不到口罩時又怪罪政府

有政客
在不愛的土地
流下愛選票的淚
有政治人物
為人民生命垂下悲憫之淚
沒有眼淚的人批評官員不該流淚
一顆眼淚的重量

人民感知
另類病毒在人類口水潛伏

2020.02.10

《笠》336期2020年4月號

強國在戰場病倒

拳頭比別國大
人口比別國多
大國自認是強國
對小國寡民
既不屑又想併吞

大國大國地大
物博
產生獨家病毒
但病毒無懼拳頭硬
不怕人口眾多
天不怕地不怕
不怕不怕不怕……

人民想為他的偉大祖國省口罩
病毒不允許
人民想為他的神聖祖國省病床
病毒不允許

人民想為他的永恆祖國省屍袋
病毒不允許
大國封口封城封省
還想封掉全世界眼睛
讓幾十億人都看不見
強國在戰場倒斃

病毒被逃難的人民攜到天涯海角
小國全力阻擋病毒
大國死也不肯承認
小國比他強大
大國上空猶瀰漫哀傷空氣
億萬人民猶戴著口罩哀嚎
大國竟還有空
殺到小國家門口示威撒尿

2020.02.15

《笠》336期2020年4月號

在病毒的春天

真話的香花凋敝
在謊言的塑膠花園
掩蓋不住潘朵拉的盒子
真相才一點點
一點點
洩漏

說假話
製造假象
用一千多發飛彈訴說仁義
虛假成為真理
媒體睜眼看不見疫情
人人掩耳閉目封口
共享萬家盛宴
在病毒的春天
攤開大國病歷
SARS　豬瘟　病毒　假疫苗
每個國家都急忙與瘟疫斷離

多麼多麼希望
這是一場
假瘟疫

2020.02.16

《笠》336期2020年4月號

讓我們用不握手來握手

病毒
拉開，也拉近人的距離

戴上口罩
讓我們用不握手來握手
讓我們用不擁抱來擁抱
讓我們用不親吻來親吻
讓我們用不開口來說愛

原本把我們當病毒
離我們遠遠遠遠的人
開始靠近我們
原本忘記還有這塊土地的人
開始找回土地與祖先的連結
原本厭棄這塊土地的人
從他口中的祖國回來避災了
他們在他們不屑的土地上
和我們搶口罩

搶無病毒的空氣
他們戴上在這塊土地上
日夜拚命趕製的愛心口罩
還能噴出有毒口水報答這塊
無言的土地

2020.02.18

《笠》336期2020年4月號

瘟疫變成照妖鏡

瘟疫變成照妖鏡
照出不同的嘴與臉
全國上下神經緊繃
共同對抗病毒
有些嘴說
抗疫不是他們家的事
他們只負責自己好好活著
有些在家隔離者的臉自由遊走
在全心全力抗疫者之間
他們負責傳播恐懼的病毒

病毒的春天
聽不見鳥語聞不出花香
只聽見遠方
數顆星星照不亮的黑暗城市
許多被扔進火爐的哀嚎
只看見身邊人群
被口罩戴著匆匆走過

一場瘟疫
讓人擁有共同夢想
從來沒有如此盼望
春天趕快結束
讓夏天高溫殺死
不同種族的病毒

2020.02.20

瘟疫拒絕成為歷史名詞

瘟疫拒絕成為歷史名詞
現身21世紀宣告世人
他是新型殺手不斷變形

隨著瘟疫蔓延
大國把國旗做得更大
大到旗面遮蔽陽光
形成他國陰影
獨裁者的旗桿
眼看就要支撐不住
原來陰影也在
自己的領土

病毒不認識他偉大的祖國
野心和大國同樣堅定
到處侵略蔓延
企圖建立病毒帝國

國人眼睛每天注視媒體
看到確診病例又增
血壓隨數字飆升
每天顫慄判讀
瘟疫究竟是撒旦
還是
上帝慈悲的手

2020.02.21

《笠》336期2020年4月號

仁慈與殘酷

一場瘟疫
讓我們看見許多
仁慈與殘酷

在藥局排隊買口罩的人
感謝藥局無償服務
藥師笑出酒窩
感謝鄉親排隊辛苦

一個口罩
從無到有
從工廠到人們手中
工廠老闆犧牲國外大訂單
女工加班加到受傷
薄薄一枚賤價口罩
千斤重的愛與祝禱
卻被某些人嫌貴
他們和我們睡在同一個母親的搖籃

病毒無公休
058

我們做綠色的夢
他們做紅色的夢

一場瘟疫
讓我們感受
一起手護臺灣的溫暖
我們合力編織防疫密網
但總有老鼠
利用國家資源磨利尖牙
拚命為敵人打洞

2020.02.22
《笠》336期2020年4月號

有些羊設法嫁給狼

帝國國內
大難臨頭時
特別容易區辨
誰是狼誰是羊

瘟疫蔓延中
狼的拳頭握得更硬
天外飛來救援物資
被屬於少數的狼群攔劫
瓜分後高價賣給
占多數的窮困羊群
一個口罩要付很多錢
見親人最後一面要付很多錢
一趟靈車要付很多錢
羊群一個一個倒下
一家一家躺下
房子變成狼群財產
為了變成狼

有些羊設法嫁給狼
再回頭向飢餓羊群炫耀
他們家有吃不完的捐獻物資
蔬菜水果發出腐敗的香
活著的羊
被驅離被隔離被飢餓被抓被打被遊街示眾
被用黨的教條醫治

此後
狼群缺少綿羊催眠美夢
有些狼會被變成綿羊
取代死掉的羊群

2020.02.22

《笠》336期2020年4月號

在共產變私產的社會中

強國
創造出什麼顏色的春天？

明亮的思想
明亮的話語
明亮的行為
在黑色的國度
在極權主義下
在共產變私產的社會中
被剷除

瘟疫蔓延
唯有
雪是明亮的
雪
白茫茫
下在死寂的街道

下在被封死的屋頂
下在被賜死的心

在病毒的天空下
還有口罩也是白色
還有
敢於反抗黑色的頭髮
一夜變白

在強國
黑白的世界
獨裁者擁護的旗幟是血
的顏色

2020.02.23

《笠》336期2020年4月號

我聽見許多聲音

因為病毒
我聽見許多聲音

商人向祖國大聲說
商人無祖國
商人稱呼不是祖國的大國為祖國
商人在大國的金幣中遇見病毒
轉向小國求救：
祖國救救我

大國一面稱呼
不是同胞的小國為同胞
一面用飛彈對準小國的
民主自由人道與健保
大國向小國嗆聲
留島不留人
留島不留人

小國退將

尚能飯

尚能對小島說大話

但將軍未戰先示弱

我聽見將軍

向敵國下跪磕頭的聲音

地球在喊痛

一場瘟疫

我隱隱約約聽見病毒說

留大陸不留人

留大陸不留人

但願

這一切都只是風聲

2020.02.24

《笠》336期2020年4月號

全球跟著呼吸困難

病毒的發祥地一發燒
全世界跟著抱頭燒
隱瞞疫情的國家一咳嗽
一國一國跟著咳到吐
神州一胸悶
全球跟著呼吸困難

病毒強勢攻城
強國封口封城封省封院
興建無醫療的醫院
迅如瘟疫蔓延
移動式焚化爐不斷複製

一帶一路
病毒順勢蔓延天涯海角
關係越親密越危險
義大利歌劇院不唱歌了
櫻花飄雪無人憐惜了

韓式泡菜乏人問

……

人與人　國與國　心與心

築起防疫的高牆

2020.02.25

《笠》336期2020年4月號

不須繞境

瘟疫蔓延
人人都想避過死神
病毒勝槍彈
令人吃不下睡不著
防疫與醫護人員
為國為家日夜防堵病毒滲透

媽祖
請祢務必保佑全民
讓人放過祢
在有病毒疑慮的空氣中
有人挾祢之名
未知是有心或無意
為病毒開路
為瘟疫開疆闢土
讓潮水般信眾繞境數百公里
共食數鄉里

廟方說病毒威脅中
無法拒絕信徒朝拜
信眾特別需要靠近神
求心安

啊
慈悲的媽祖
祢必不忍看見
千萬人為百萬人的心安
焦慮不安
請祢顯靈告訴信眾
不須繞境祢也能保佑安康
不須繞境！
不須繞境！

2020.02.25
《笠》336期2020年4月號

攻不垮神棍

病毒
從一個國家誕生
隨著旅遊風
乘著貿易風
進駐他國

病毒
從一國崛起
成為隱形超強部隊
從一國攻進另一國
從一洲攻進另一洲
攻陷醫院
攻陷監獄
攻陷軍隊
攻陷超市
攻垮股市指數
攻垮笑容

病毒

超強超毒

攻不垮神棍

貪慾欺神的心

攻不破

獨裁者不斷製造的謊言

2020.02.27

《笠》336期2020年4月號

人命被標價

人命被標價的國度
階級分明貴賤有別
低端人口喪命
輕於一片雪花

有個野心的國家
要人民感謝他賞飯
不要人民感謝自己的苦勞
國家機器餵給人民口號教條
要人民全吞下
不管消不消化得了
國家就是人民的大腦
人民是國家忠誠的細胞與喉舌

國家賞人民病毒
人民求藥
國家說沒有藥
人民求病床

國家說你得再等再等再等
最終人民發現
最愛自己的是
病毒

有人自主隔離家門外
在廣袤的國土漂流
遺書藏在心深處
祈禱家人遠離病毒

2020.02.28

工人肺炎病倒在生產線

強國高層命令

工廠復工

工人奔波於返廠途中

工人突然倒地不起在行李箱旁

工人肺炎病倒在生產線

在防疫與維穩的天平上

在防疫與經濟的權衡上

政權與幣值

遠遠大於如草的民命

在官媒共構獨裁專制

神話的國度

2020.02.29

製造謊話和瘟疫比賽傳播速度

病毒發源地

醫護求援國外

女子敲鑼哭求病床

逃難潮洶湧

在被國際排斥中

一邊嘲笑

被他傳染的鄰國防疫不力

一邊暗示

瘟疫乃他國放毒

人民說實話

會被官方闢謠的國度

官媒日夜歌頌獨裁

製造謊話和瘟疫比賽

傳播速度

2020.02.29

尋找真相須調換主詞與受詞

不識字的人有福了
專制者更改字義
黑變白
光明變黑暗
天地倒反

聽不見的人有福了
千萬網軍替獨裁者發聲
風聲變雨聲
喪事變喜事
放毒變成被放毒

在危急時刻
製造謊言移轉焦點
在權力消長中
放出假消息塑造強者形象

在耳朵與心之間
在眼睛與真理之間
在假訊息與事實之間
謊言如病毒漫延
尋找真相
須調換主詞與受詞！

2020.03.04

《笠》336期2020年4月號

抹黑別人就能漂白自己嗎？

抹黑別人
就能漂白自己嗎？
除去病毒祖籍
就能讓人忘記病毒誕生地嗎？
把病毒改姓推給他國
就能讓人忘記病毒源頭嗎？

病毒正在猛攻
強國的肝心脾肺腎
瘟疫正在重擊
大國政權與經濟
帝國還在咧嘴嘲笑
被他的病毒傳染的鄰國
與被他的瘟疫漫延的鄰國的鄰國
防疫不力

是誰一開始就隱匿疫情？
是誰用病毒處刑揭發疫情的人？

是誰把病毒硬塞給小國？
是誰使瘟疫跨國漫延各洲？
是誰讓春天咳嗽吐血
讓哀嚎悲泣掩蓋鳥鳴？

2020.03.06

《笠》336期2020年4月號

兇手忽然變身救世主

看不見的病毒
讓人失眠
抵擋不了的瘟疫
誰也不知道先到來的
是明天還是死神

兇手忽然變身救世主
放毒者要求被毒者感恩
在造假的國度
人們希望假的是真的
最後認證：
只有假的是真的！

2020.03.07

《笠》336期2020年4月號

是惡魔擾亂神的秩序？

瘟疫

是神的旨意

還是惡魔擾亂神的秩序

瘟疫成為母親

生產生命

也生產死亡

生產慈悲

也生產殘酷

人在家中坐牢

觀光業退潮

海龜在很多海灘築巢

產卵數向沙數看齊

聖河由濁返清

紅鶴飛來河畔棲息

孟買粉紅色天空多麼詩意

誰重生
誰永死
瘟疫讓人戰慄
瘟疫讓人逃避
瘟疫讓人謙虛
瘟疫讓人敬畏
瘟疫讓人重新凝視生
　　認真思考死

2020.03.08
《笠》336期2020年4月號

口罩會變成米蘭新時尚嗎？

口罩會變成米蘭新時尚嗎？
NBA不再灌籃
好萊塢星光黯淡
鎂光燈轉移焦點
在新搭蓋的舞臺
一齣大戲精心編排
主角、配角
口白、口氣、口罩
帝國抗疫
在全世界的眼中上演
醫院也有替身

日子過得比蜜還要甜
的劇本中
狙擊手配置多處屋頂
這一集沒有爆出
劇本外的對白

2020.03.13

《笠》337期2020年6月號

看不見敵人在哪裡

大國停工
使得小國天空恢復
多少年前的清朗
卻止息不了
呼吸焦慮
因為大國的病毒
已經漫延列國天空
各洲各國各城的人
開始隔離
開始封鎖
死亡氣息瀰漫
陣亡訊息不斷
天空仍舊焦慮不安

浪漫民族
在陽臺奏樂高聲合唱
為醫護人員打氣
我無論如何也感受不到

美聲帶來的欣喜
天才之國傳來建築大師
也被病毒吞噬的消息
一場詭異無形戰爭
看不見敵人在哪裡
不知終點在何處
最終勝利者是誰

2020.03.17

《笠》337期2020年6月號

請求上帝不要缺席

學生不在教室上課
員工不在辦公室上班
米糧蔬果不在超市
鬧市開始空蕩
鬧街讓給龜兔賽跑
天空始終籠罩病毒陰霾
病毒所到之處
劇情無差別的一致

當慣獵人的人類
住在水泥叢林
不知如何避開看不見的強敵
確診病例數急遽攀升
心中不安
回想沒有病毒的空氣
多麼清新
回想沒有瘟疫追殺的日子
多麼幸福

回想沒有恐懼的玫瑰
多麼甜美

請求太陽用溫熱的愛
來心中消毒
請求上帝在關鍵時刻
不要缺席

2020.03.19
《笠》337期2020年6月號

靈車駛過南歐哀傷的街道

陽臺捕捉
屋內匱乏的陽光
陽臺看見
上下左右鄰居跳舞
陽臺聽見
市民用歌聲群聚
熱情的族群
音樂當防護衣
病毒入侵的版圖
瘟疫漫延的國土
軍車客串靈車
駛過
南歐哀傷的街道

在屋內與屋外之間
居民現身
在囚籠與天空之間的陽臺
找到防疫的平衡點

在生與死之間
無神論的醫生跪下來
低頭
垂淚
禱告

2020.03.24

《笠》337期2020年6月號

血液流有饑荒的深刻記憶

發揮蝗蟲精神

清空超市

一臺一臺購物車

衛生紙拿來擦拭

恐將被鎖城的恐懼

麵包泡麵用來餵飽

冰箱鋼鐵的巨胃

消化不掉

憂慮憂慮憂慮

啊

血液流有逃難或流落荒野

饑荒的深刻記憶

面對迎面襲來的病毒

在瘟疫漫延的鄉土

恐懼

是另一種強大的瘟疫

2020.03.24

《笠》337期2020年6月號

舉世為死者哀戚

病毒搭乘人體
條條大路果然通到羅馬
在西班牙發現新大陸
在北美找到美麗新世界
在英格蘭看見日出又日落

不識病毒威力
人群繼續在馬靴的地圖上
遛狗慢跑開派對
最後被病毒逼進家屋
避免成為病毒通路

醫護人員全副武裝隔離衣
上前線抗疫
好多棺材躺在教堂
舉世為死者哀戚
醫生倒下
高燒的身體逐漸冰冷

艱難的喘息終於安息
妻子小孩無法擁抱
他帶有病毒的遺體

生命遭到
人為的意外偷襲
全世界都在搶呼吸器
原來
時間是無價的奢侈品
自主呼吸是福氣

2020.03.27

《笠》337期2020年6月號

保持活命的安全距離

病毒不休息
一波波狂襲
亞洲人急忙戴起口罩
歐洲人從排斥
到紛紛戴起口罩
在口罩缺貨的地方
老人用塑膠袋權充
不密封的口罩

人們從握手擁抱親吻
到維持一公尺以上社交距離
天真孩子無法理解
以為遭父母厭棄
群聚感染歡樂氣息的麻雀無法理解
互相擁吻的杜鵑花無法理解

被瘟疫封鎖的世界
焦躁的人

開始罹患觸覺過敏
除了隔離人群
也開始和邪惡帝國切割
保持活命的安全距離

2020.04.01

《笠》337期2020年6月號

上帝的鬧鐘

如此安靜
人擠人的大都會
有人飄逝
有人被推進加護病房
有人居家隔離

塞滿街道的車輛
紛紛開進各自車庫
紅綠燈為誰閃爍
十字路口

空蕩蕩廣場
留給雕像接管
偶有飛鳥群聚
不須保持社交距離

神廟無人參拜
海灘度假勝地

空餘海浪一波波
奮力上岸
許願泉無人投幣許願
風自由穿梭凱旋門
迎接哪位英雄？

從亞洲到歐洲到美洲
迅速被病毒殖民的領土
上帝的鬧鐘
何時才會喚醒
一座一座
冬眠城市

2020.04.08
《笠》337期2020年6月號

惡魔與天使在世界的拼圖

天上群星
固守天空的家園
在各自星座閃爍
不願封鎖在家的星星
墜為流星

地表人群
像蜂群蜂擁出巢
群聚傳衍病毒

遠方土地上
眾多工人失業
徒步數日返家隔離途中
未死於病毒
亡於疲勞與飢慌

世界的生產線
被病毒切斷

經濟鏈條被瘟疫卡死
一場無形戰疫
讓惡魔形象凸顯
國際生產線將會重整
經濟鏈條將會重新鏈接
惡魔與天使
在世界的拼圖
會被置放於
更恰當的位置

2020.04.09

《笠》337期2020年6月號

人類的苦杯斟滿病毒倒影

一覺醒來
聽說很多人
醒不過來

建築大師為自己
設計終極居所
神父為世界
完成最後一次祝禱
老婦人也把呼吸器禮讓
給年輕的肺
每個生命的小宇宙
變成統計學
一個冰冷數字
還有多少人
將會來不及留下遺囑
就訣別塵世

慌張的手

在地表迅速擴建醫院

面對瘟神審判

人類的苦杯斟滿病毒倒影

瘟疫滲透每夜的夢

深入骨髓的

恐懼感

讓被太平盛世麻醉已久的

心

深刻感覺

存在

2020.04.11

《笠》337期2020年6月號

瘟疫仍在蔓延

人與人維持安全距離
尤其要與被確診的人
拉開更遠的距離

國與國保持社交距離
尤其要與被確診
而又隱匿疫情的國
維持不信任的保命距離

每個人
努力成為社區的防火牆
每個社區
盡力成為國家的防火牆
每個國家
賣力成為世界的防火牆

病毒橫行
人類的朋友是佛陀

生命被威脅的人
最好的朋友是阿拉
被封城的人
喪失親友的人
至好的朋友是耶穌

不衛生的衛生組織
心中沒有生命唯有政治
甘願成為魔教信徒
不聽專業保衛世界
只聽命於教主

我一方面慶幸我的國家
好不容易零確診
但瘟疫仍在遠方蔓延
多少人仍然
活在無邊無際恐懼中
與飢餓威脅中

2020.04.14

國與國接觸史

回顧

國與國接觸史

越與邪惡政權親密交心

越容易獲賜病毒

越與獨裁者眉來眼去

越容易感染

種種病毒

從SARS開始

從撒謊嫁禍到種族偏見

從統一小國到一統全世界

主義的教條的自大的

各種變態的

思想病毒

與民主政權和良善國家握手擁抱

越能遠離病毒殘害

除非百毒不侵

一個國

一個家
一個人
務必慎選
交往對象

2020.04.18

第三次世界大戰

第三次世界大戰
病毒出征
一支向東　一支向西
一支往南　一支往北

一個人　突然倒地
一個公司　突然倒斃
一個國家　突然發燒
一個洲　突然劇咳
全球被毒害
超過數百萬人

我的島
百花美麗爆發
世上某些地方
疫情大爆發
病毒啊病毒

是誰任你
惡勢力強大？

我的國
人們戴著口罩
過正常生活
我遠方的朋友
正在隔離中
失業中飢餓中恐慌中
瘟疫啊瘟疫
是誰讓你四處擴權
奪人性命？

2020.04.18

應當戰慄

病毒強襲
各國都在等待轉機
瘟疫流竄
各洲都在期待轉捩點
長期被狼在門口撒尿的綿羊
也在祈求上帝
翻轉國運

狼
野心獸性
不承認貪慾
不想悔改
狼爪繼續伸長繼續飛舞
在綿羊眼前
逼綿羊團結自保

當轉捩點到來
野狼與綿羊

有的面臨審判
有的獲得釋放
有的面臨深淵
有的迎向晨光

面對命運的轉捩點
應當戰慄

2020.04.18

這是製毒和至毒的時代

這是製毒和至毒的時代
也是治毒的時代
這是放毒的時代
也是解毒和戒毒的時代

把散播病毒的責任
推給蝙蝠
蝙蝠擁有一張無辜的人臉
活該沒有辯解自救的口舌

把瘟疫蔓延的責任
推給敵國
敵國是最大受害者
不甘替惡魔背黑鍋
把責任卸給受害的義人
義人憤怒

這是漂白和抹黑的時代
這是撒旦假扮上帝的時代
這是聖神緘默
惡魔橫行的時代
這是學習解讀上帝旨意
最黑暗
可能也是最光明的時代
我們都是上帝安排
大時代的見證人

2020.04.20
《笠》341期2021年2月號

疫苗出現前

疫苗出現前
食物當藥吃
犧牲某些口慾
但沒有快樂
也會有損健康吧
吞完一大把維他命
偷吃冰淇淋
獲得一分鐘滿足
然後滿懷罪惡感
免疫力下降

西藥漢藥草藥
獨缺一帖萬靈藥
提升免疫力
拒絕星空邀約
早起迎接第一道曙光
在公園健身舞蹈

紅花愛綠葉
藤蔓爬樹梢
沒有社交藩籬
走進深山徹底遺忘
人間瘟疫

確診人數突然倍增
求太陽加溫
蒸發陰霾殲滅病毒

祈禱祈禱
遠離瘟疫
親近沈默的上帝

2020.04.21

需要許多呼吸器

兵分多路
陸海空三軍全面進攻
病毒行經萬里
病毒航過驚濤
病毒飛越星空

網軍另闢戰場
利用人海戰術
網路四面開戰
民族主義口水亂噴
噴向他國的臉
國家主義文字彈狂射
射向他國心臟
獨裁者以對內洗腦手法
對外大肆宣傳
還有國際衛生組織助陣
引發國際反感反彈
反效果

文明與野蠻
透明與隱瞞
拯救與殺戮
天使與惡魔
界線分明形象鮮明

病毒奪命
經濟奄奄一息
防疫與經濟
先救哪一個
民主國家頭痛

很多人抱著飢餓的肚腸
關在家中躲避瘟疫
小孩伸手要麵包
正常國家領導人
為此失眠焦慮
快窒息

需要許多呼吸器
搶救國人與自己

2020.04.22
《笠》341期2021年2月號

口罩當盾牌

戴起口罩當盾牌

抵抗病毒

不時洗手

洗去病毒陰影

保持與人的社交距離

以免萬一變成病毒的載體

與菸酒維持遙遠的距離

以免降低抵抗力

吃蔬果多運動

提升免疫力

勤曬太陽

曬掉瘟疫帶來的憂鬱

戒掉負面思考

多讀甜蜜情詩集

抱著美夢準時睡覺

抗疫戰士能否封鎖瘟疫

在夢的邊界

2020.04.23

重新呼吸聖潔

患者嗅覺與味覺
被病毒判死
滿園花香聞不到
酸甜苦辣嚐不出
不緊急就醫
人生滋味將永遠喪失

感染另類病毒
銅臭嗅不到
血腥味分辨不出
理性與良知讓感官復甦
重新呼吸聖潔

最怕
無病識感
最後怎麼死的
都不知道

2020.04.24

留有搖籃記憶的人

病毒
讓留有搖籃記憶的人
突然躺進墳墓

你說你的國人即將
不是死於瘟疫
就是死於飢渴
我怕人們也將死於憂懼
死神正在你身邊
嚴酷執行死刑
千萬個口罩被大國掃走
護士用塑膠袋代替醫療手套
病人等不及病床與呼吸器
土地上流傳
輝煌古國被瘟疫毀滅的故事

我在相對安全的國家
離死神比較遠的美麗島

我只能站在你的遠方
求神不要忘記你
不要忘記你的家你的國

憂懼
是另類瘟疫
從你的心
急速蔓延到他的心
人們活在此刻
憂慮下一刻

2020.04.25

悲傷直播人心¹

悲傷

直播人心

她聲音哽咽

每一個死者的名字在她口中

復活

每一個死者

擁有獨自的生命故事

5歲到108歲之間

不自願的亡者：

● 戈登‧威廉‧馬丁，來自曼徹斯特，是妻子莫琳摯愛
  的丈夫，從事過各行各業。年輕時打過板球……，
  2020年死於病毒。

● 普加‧夏爾馬，藥劑師……，在她父親死後一天去
  世，兩人都在2020年死於病毒。

● 雪莉‧布朗，來自肯特郡，擁有六個孫子的祖母，熱

---

¹ 　此詩靈感來自英國SKY電視主播金伯利‧倫納德（Kimberley
　　Leonard），她在宣讀武漢病毒死者名單時聲音哽咽。

愛做工藝品……，2020年死於病毒。

● ×××2020年死於病毒

● ×××2020年死於病毒

● ×××2020年死於病毒

……

許多國家準備向大國索賠

許多人預備向大國求償

族繁不及備載的

每一個姓名背負的生命

無法量化成為一個

求償的金額

2020.04.27

《笠》341期2021年2月號

人生的劇情被誤導

他在巴黎
死於武漢病毒

他是喜劇演員[2]
演活許多喜劇
他的人生
悲劇結局

他是導演
導過許多齣感人的戲
他的人生
劇情被誤導
長劇變短劇
至死未知導演是誰

他是翻譯家

---

[2] 靈感來自臉友貼文，他的朋友george daniel（coşkun tunçtan）是喜劇演員，導演，翻譯和作家……，在巴黎不幸死於病毒！

懂多種語言
卻讀不懂瘟疫
這齣歷史大戲的意義

他是作家
還在構思許多作品
他的筆
突然被病毒奪去

2020.04.28

"*Musings During a Time of Pandemic—A World Anthology
of Poems on COVID-19*"（以 The Characters 為題，入選
《在瘟疫期間沉思——武漢肺疫世界詩選》2020.12）

《笠》341期2021年2月號

世界剩下一張病床

與父隔離
與山隔離
與海隔離
與天與地隔離
世界剩下一張病床

身體渴望
與病毒隔離
心渴望
與瘟疫隔離

看不到聽不見觸不著
上帝
點燃一盞燈
追尋上帝
解除與上帝
長期的隔離

2020.04.29

"*Musings During a Time of Pandemic—A World Anthology*
of Poems on COVID-19"（以Isolation為題，入選
《在瘟疫期間沉思──武漢肺疫世界詩選》2020.12）
《笠》341期2021年2月號

瘟疫之前

瘟疫之前，人人平等
病毒入侵
不分種族不看臉色
不問信仰不管性別
不論貴族或賤民

瘟疫之前，人人不平等
配合隔離在家政策
有人躺在豪宅
吃大肉喝紅酒做大夢
有人失業在家
不知道下一餐在哪裡
有人在徒步返家途中餓死
遠方家人無法獲知

2020.04.30

呼吸器判給誰

該閱讀
有氧的詩集
還是該關心世界
讓自己窒息的病毒訊息？

遠方醫生
正在為兩位病患焦慮
一臺呼吸器
只能幫助一個肺呼吸

一位是高血壓糖尿病老人
被社會確認為慈善家
一位是青年
被社會與法院斷定
殺人放火的罪人

兩條生命
正在倒數計時

雙方家屬都在祈求奇蹟
都在焦急等待
呼吸器判給誰

2020.05.07

在沒有美夢蔓延的陋床

在地球的某些角落
過度勞動的雙手被迫停工
工人被遣返家中隔離
一部分餓死於途
一部分抱著飢餓的肚皮
回到被世界遺忘的蠻荒故鄉

躺在沒有美夢蔓延的陋床
害怕張開沮喪的眼睛
又得被空空的米缸擊傷
長期被隔離
在人工製造的富貴門檻外
慾望被封鎖在一張小小餐桌
缺少一雙體面的鞋
幫助自己跨越
頑固的階級

窗外
老鷹一再盤旋
在弱勢鳥類的上空

2020.05.15

武漢肺炎攻進祕境

武漢肺炎偷偷攻進祕境
世紀瘟疫蔓延亞馬遜流域
一百多個部落[3]上演一致劇情
在悲傷的雨林
長者像老樹倒下
孩子像幼苗倒下
⋯⋯

越來越黑暗
雨林深處
救援資金在哪裡？
病毒試劑在哪裡？
麵包在哪裡？
載來希望的船隻[4]在哪裡？

---

[3] 巴西亞馬遜雨林已超過150個部落被武漢肺炎入侵，死亡率高達巴
西整體的兩倍。
[4] 雨林深處社區距最近的醫院往往要好幾天路程，且許多地區無聯
外道路，糧食援助和醫療物資須透過船隻運送。

地球之肺守護者[5]
亟需世人守護
他們的肺

2020.09.30

---

[5] 亞馬遜地區各個原住民部落，在過去幾千年間累積了大量雨林的
生態智慧。

超過200天無本土病例

超過200天無本土病例
國人戴著口罩在寶島趴趴走
年初恐慌絕望
永生難忘

國外正在掀起另一波高峰
領導抗疫的總統也無法免疫
解除封鎖的國家
又要開始封城宵禁
原以為短劇
竟悲情連續
看不到結局

無形病毒
繼續攻占媒體版面
病毒無形中
致全球脫軌
改變人類歷史

何時才能脫掉
全世界防毒口罩？

臺灣防疫成果舉世羨慕
但有比病毒更毒
更難纏的仇敵

2020.10.31

明日朝陽為誰放光？

國際政要的眼睛
被大國人民幣蒙蔽
瘟疫意外洗禮
全世界眼睛復明
看穿被蒙蔽的騙局

全球許多耳朵
被謊言的颱風橫掃過
誤信強國對外的大宣傳
被一路帶往絕境
病毒也偷渡國境蔓延
耳朵終於覺醒
祈禱國家還有生路

國與國社交距離
大幅調整或加上藩籬

東方星光數點漸淡
明日朝陽為誰放光？

2020.10.31
《笠》341期2021年2月號

把口罩當作護身符

口罩罩住口鼻
當作護身符

口罩罩住口鼻
像圍籬
病毒禁入

口罩罩住口鼻
看起來像陌生人
不怕面對不想面對的人

口罩罩住口鼻
節省化妝品二分之一

口罩罩住口鼻
表示你不要靠近

口罩罩住口鼻
像個小面具
想念你真實的表情

口罩罩住口鼻
表示愛惜自己
也愛惜別人生命

2020.12.18
《笠》342期2021年4月號

慾望縮小世界忽然變大

病毒流竄國際
人只求身體安康
溫開水替代紅酒
名牌包不比口罩重要

口中留戀咖啡香醇
搭公車轉捷運
不再抱怨路途遙遠
轉運辛苦
下班和朋友走入戲劇院
不再在喜劇中讀出悲愴

瘟疫是老師
教導人類：
慾望縮小
世界就變大

2020.12.20

《笠》341期2021年2月號

兩棲動物

居家隔離的你
像被截肢的動物
只能嚮往
海浪沖岸
蜂蝶瘋狂

居家隔離的你
像飛鷹被剁掉羽翼
只能冥想
雲海翻騰
天空無邊境

居家隔離的你
觸目四面如盾的牆
唯獨幻想自由穿牆
隔離隔離
你更明確變成兩棲動物

一在現實

一在反面

2020.12.20

口罩戴好帶滿

口罩戴好帶滿
不留絲毫致病空隙
口罩過濾病毒
但無法過濾毒言毒語
照顧肉身
比保衛心靈容易

有些口罩被人利用過
拋棄在無從抗議的野地
戴在不怕病毒的草上
像紗布的白色口罩
使草地活像傷患
百花冬眠的歲暮
如果口罩變成
白花搖曳
該有多好

2020.12.22

《笠》342期2021年4月號

地獄天堂

在家隔離
四面牆代替口罩
麵包變少
時間變多
你開始沉潛書海
撈到許多療癒的詩
大不幸中
小幸福

屋簷下
全家團聚
燈火照亮黑暗時光
一起吃飯禱告
眾口開出關心的奇葩
地獄中
小天堂

2020.12.22

《笠》342期2021年4月號

瘟疫年美國總統大選

瘟疫年

美國總統大選

為免群聚傳染病毒

郵寄選票如紐約雪片

創造歷史新高

千萬選票可疑

死者投票、重複投票、被投票

開出票數多於投票人數……

不畏冰霜

無懼瘟疫

愛國者紛紛站上街道

要求

不被另類病毒竊取選舉

2020.12.22

《笠》342期2021年4月號

哪種顏色最像門神

臺灣疫情管控良好
口罩不再一罩難求
白
不是唯一色彩或主色
不會聯想包紮傷口的繃帶
彩色口罩、印花、壓紋圖案
回應使用者不同品味
成為穿搭的時尚考量

印有聖誕樹、禮物盒的
聖誕口罩
成為今年聖誕節禮物
啊，平安就好！
平安就好！
希望明年可以不再需要

面對
淺綠嫩綠淺藍粉紅……

不知道哪種顏色最像門神
最能抵擋病毒侵入

2020.12.25

《笠》342期2021年4月號

如何專注於一呼一吸

因為防疫滴水不漏
臺灣彷彿自成一個宇宙
雖然我已習慣
出門戴口罩有如攜帶鑰匙
卻時常遺忘
瘟疫還在世上許多城市猖狂
在許多偏僻的流域徘徊

媒體時不時傳來
外國政要感染病毒
臉書時不時看到
外國詩人被傳染武漢肺炎
眾人集體為患者誠心祈禱
結局有人痊癒有人逝去
挺過瘟疫的人思考：
如何專注於一呼一吸？
如何善待撿回來的小命？
至於詩人

則在人類不幸中
幸運寫出若干
療癒自己
關心人類不幸的詩

2020.12.26

《笠》342期2021年4月號

喜悅的火焰被冰雪打熄

對抗瘟疫
各國比賽研發疫苗速度
好消息乘寒流而來
有如讓人驚喜的聖誕禮物
卻馬上聽到
病毒變異！
病毒變異！

詭異
讓人錯愕的訊息
喜悅的火焰
瞬間被冰雪打熄

一支病毒即將被解決
一支病毒瞬間崛起
應付不完的病毒
背後隱藏什麼

驚人的祕密？

終極病毒是什麼？

2020.12.26

《笠》342期2021年4月號

拒收邪惡的禮物

螞蟻
運走一個一個黃昏
病毒
扳倒一個一個人

2020年
全球在病毒強襲中
在瘟疫陰影中
充滿生之不確定感
2021年
能否擺脫武漢肺炎？
害怕成為歷史的人們開始關注
預言家的預言

今年聖誕節
狂歡的是病毒
慶祝收割百萬條無辜人命

瘟疫是邪惡的人
強行送給全世界
所有的人都想拒收
邪惡的禮物！

2020.12.26

神的秩序

病毒是撒旦
擾亂神的秩序
人與人不再群聚傳染歡笑
國與國築起防疫高牆

相信神
在關鍵時刻不會缺席
神出　鬼沒
瘟疫將被送進歷史
驚懼將隨病毒消亡

當再度深呼吸無病毒的清新空氣
失喪親友的傷痛以愛為藥方治癒
被口罩封鎖的笑容再度綻放
被社交距離拉開的身體再度擁抱
陽光驅走陰影
沒有瘟疫的每一天
都是感恩節

2021.01.07

普吉島

雨季將盡[6]
島民無感即將陽光璀璨
稻田翠綠
撫慰眼睛
撫慰不了陰霾人心

預約的遊客人間蒸發
預期的錢潮化成泡沫
酒店倒閉三千家
失業導遊尋求人生的導遊
旅館業者返鄉另謀生路
旅遊天堂一夕變成空城與鬼域
一隻海鳥獨擁整片沙灘
千濤萬浪乏人詠歎

街道空蕩

提款機銀行也閉關
假人模特兒獨撐巨大賣場
如荒謬劇場
遠景
看不到！

2021.01.23

《笠》342期2021年4月號

悲慘世界

一波比一波瘋狂
變種病毒襲擊
悲慘世界
哀泣

婦女為垂危的母親
跪求供氧廠方趕快開門
在求取氧氣的隊伍中焦慮
突然接獲
母親棄世消息

妻子照顧染瘟疫丈夫
日夜不敢闔眼
嘴對嘴
為病危的丈夫
送入一口一口氧氣

缺氧的國家
缺病床的城市
缺醫生的醫院
大地變成人體焚化爐

彩衣人[7]
還不來吹笛
將病毒帶入地獄

2021.05.02

---

[7]　格林童話中的故事，彩衣吹笛手用魔幻笛聲為地方除去鼠患。

分身乏術

該先照顧父母
或是丈夫與孩子？
分身乏術[8]

該先去搶購氧氣
或是搶購藥物
分身乏術

沒時間向眾神泣訴
沒力氣追究造成瘟疫的元凶
分身乏術

打了上千通求助電話
沒有一個號碼可以打給神

---

[8]　許多病人等不到病床，在家醫治，家屬充當醫護，看網路學習自製氧氣。購得一小瓶氧氣瓶的家屬也用得極節制，當血氧飽和度上升，就立刻關掉以節省氧氣，因為極難獲得一瓶氧氣，而補充氧氣則難上加難，連氧氣罩與連接到氧氣瓶的管線都很難得到。好不容易得到醫生處方，又不知到何處購藥！

死神
比患者家屬更忙
分身乏術
分身乏術

永恆的河流啊
請流走
土地的哀傷

2021.05.03
《笠》344期2021年8月號

習慣每日零確診

習慣每日零確診
當確診人數創新高
指揮官神經緊繃
像一根琴弦

習慣每日零確診
在野黨民意代表
用威權時代的大嘴巴
指指揮官該槍斃
已結痂的恐怖時代傷口
又滲出新血

習慣每日零確診
當確診人數攀高
民眾在網上
熱烈討論注射疫苗與防疫
為指揮官抱屈打氣

習慣每日零確診
反對黨民意代表
無法反應民意
甚至背逆民意
過氣政客也迫不及待出來
練痟話刷存在感

惡鄰放火放毒
在指揮官戰略下
原來大家
都還活得好好的

2021.05.15

認知戰

眾國為臺灣防疫成績
豎起大拇指
有些手卻豎起
怨恨的中指

防疫一年多
才出現破口
有人努力修補
有人用力戳大

黑暗時刻
誰成為火炬
為鄉土吐出光明[9]
誰變成蝙蝠
要遮蔽島嶼的天空

---

[9] 320名耳鼻喉科醫師,自願投入篩檢工作;1100名以上的退休醫護
　　人員,自願再投入抗疫行列。

病毒擾臺

網軍擾臺

戰機擾臺

假消息擾臺

某些政客與名嘴

長著和敵人同樣的舌頭

企圖

改變臺灣人的認知

2021.05.20

人民自動防疫升級

人民自動
防疫升級
首都鬧區一夕靜寂
封城一般
神奇

機車腳踏車騎士
路邊慢跑者
娃娃車上娃娃
戴著口罩一起抗疫

輕軌四車廂
搭載乘客共三人
市場長長巷道
買菜的人
不再像擱淺的魚

全世界都擦亮眼睛
在看
防疫模範生如何度過難關
臺灣人說：
臺灣人只示範一次
給全世界看

每日下午兩點疫情報告
在前線作戰那位
從容的部長
即使
左臉被噴羞辱的口水
右臉被噴惡毒的口水
也不動怒
他夏日的聲音帶給國民
安全感

2021.05.24

確診

隔著螢幕
那張嘴
像防疫的破口
噴來口水
我忽然感覺強烈
發燒頭痛胸悶無力
一口濃痰
吐不出

我意識到
某種病毒侵襲
馬上關閉螢幕
隔離

然而
腦中還是一再重播
那些足跡與我們完全不同的人

硬要我們與狼連結
硬要推銷有疑慮的疫苗

2021.05.24

《笠》344期2021年8月號

狼牙

狼
藏起一口
磨得尖利亮閃的牙
假裝要幫助
被牠毒害的

人
正在止血
包紮新鮮傷口
痛
猶在
身體與心中

2021.05.26

《笠》344期2021年8月號

連結

人與人連結
或許甜蜜或許驚懼
國與國連結
喜劇或悲劇？
大野狼愛上小紅帽
結局不出所料

愛與信任
是心與心的黏著劑
利益
是另種品牌
身體與身體的黏著劑

口袋藏槍的人
前來豪宅
說他要送禮

醫護拖著行李
離家他住[10]
身體與家人暫別
心與家人
鏈結

2021.05.26

《笠》344期2021年8月號

---

[10] 為保護家人健康。

假消息

假消息[11]
長出真翅膀
從境外飛來
從境內起飛

假消息
穿梭大街小巷
傳播市場大消毒
買菜人止步

假消息
竄入風中
扭轉風向

假消息

---

[11] 瑞典哥德堡大學主持的 V-Dem（Varieties of Democracy）計劃中，「遭受外國假資訊攻擊」的程度，臺灣在調查的 179 個國家中，榮登世界第一，且比其他國家嚴重很多。

飛到天空
遮蔽太陽

假消息
飛進眼睛
矇蔽真相

假消息
鑽入耳道
阻擋福音傳入

假消息
鑽進不設防的腦袋
改變人
的認知

假消息
攻破脆弱心防

腐蝕人
的意志

假消息
攻進破口
製造更多更大破口
要撕裂人心
摧毀幸福家國

2021.05.26

同島一命

同島一命
不論多麼努力抗疫
總有幾股勢力勾結
拉扯後腿

前線對戰病毒
有人對抗前線

境外野狼狂嘯
境內呼應
被企圖染紅的世界
月亮出血

同島一命
醫護不忘初衷
守護國人呼吸
國人自律
堅守防線

同島一命
但有人同島不同心
滿地找槍
槍口朝內不朝外
瘟疫是
雪亮照妖鏡

2021.05.29

《笠》344期2021年8月號

自由

你有
逛街的自由
你沒有
不戴口罩讓人生病的自由[12]

你有
飲茶喝酒的自由
你沒有
群聚傳播肺炎的自由

你有
賺大鈔的自由
你沒有
偷偷營業以致
散播病毒給人的自由

---

[12] 在夜市發生的真實故事，一男子硬是不戴口罩逛夜市，遭群眾嗆聲。

你有
尋求慰藉的自由
你沒有
與暗室高風險的人連結
成為瘟疫傳播鏈的自由

你有
不怕死的自由
你沒有
讓人陪葬的自由

2021.05.29

疫苗歷險

圍堵病毒
歷時一年多
終於出現破口
阿公店發燒
雙北兩市開始咳
飛沫濺向南方

零確診太平時期
連醫護都不想打疫苗
一出現破口
怕疫情燒起如野草
詆毀疫苗的人
三步併作兩步
偷偷跑去打疫苗
再脫去口罩繼續噴口水

戰略物資
疫苗不可或缺

有人不斷醜化國產
敵國不斷攔阻我國購買
契約變廢紙

向外國購買疫苗
變成只能做不能說的祕密
載疫苗的飛機起飛前
還充滿未知的變數
飛機起飛後
避開危險的領空
在空中多繞一個多小時
終於
安全降落

2021.05.30

《笠》344期2021年8月號

超前部署

封城之聲
市民聞之驚恐
飛奔超市搬空架上貨物

聽到防疫四級兵推
市民再度驚慌
蜂擁至傳統市場搶購
把冰箱的五臟六腑
塞滿塞爆

事實證明
市民比首長更有效率
超前部署
生活物資
然而
群聚傳播病毒

說出的話
噴出的口水
收不回

2021.05.31

《笠》344期2021年8月號

戰場

無硝煙戰場
無形的病毒
對戰人

戰場的外邊
仍是戰場
以疫促統砲聲隆隆

國內政客以疫逼統
捐客以疫亂臺
把疫苗拿來政治操弄
助敵大外宣
消耗國力

前線拚搏
將士被內外夾擊
匪諜匪諜匪諜
鬼影幢幢

2021.05.31

以疫謀紅

全民防疫
有人以疫作秀

人心不安
有人以疫謀紅

眾人齊心為疫情祈禱
有人在詛咒

眾目睽睽下不計形象
赤裸裸大膽演出
紅是紅啦
博取了眼球
醜行惡狀留駐人心
丑角形貌與木乃伊同樣
不朽

2021.06.02

六四的禮物

臺灣大使站在成田機場

風雨中

向飛機鞠九十度的躬[13]

代表福爾摩莎

致上千千萬萬個感恩

6月4日

獨裁者想從世人記憶拭去的日子[14]

惜情桃太郎[15]

不畏強權蠻橫攔阻

鐵鳥滿載報恩的禮物

穿過灰色層雲

飛奔福爾摩莎的天空

---

[13] 2021.06.04臺北時間上午11時日航JL809從東京成田機場起飛載疫苗來臺。

[14] 獨裁者不願面對1989年6月4日天安門事件，任何可能跟「64」有關的符碼、象徵通通都遭到封鎖。

[15] 2011.03.11日本東北部下午發生歷來最強烈的八點九級大地震，引發百年一遇的大海嘯，臺灣熱心捐款68.5億，10年來日本人感恩不渝。

送來救命疫苗124萬劑
如久旱後嘩啦啦的夏雨
萬葉拍手歡呼
臺灣人的眼睛
止不住感動的淚珠

臺灣人準備加倍奉還日本
不求回饋的情義
相約明年
櫻花雨中共飲清酒

2021.06.04
《笠》344期2021年8月號

6月6日

6月6日諾曼地登陸
6月6日美國軍機[16]運送大好消息
75萬劑疫苗將無條件贈送臺灣
向世界宣告
不讓臺灣孤軍奮戰

繼日本之後
美國伸出有力的手
共同打擊惡魔
日美兩國的腳
相繼踩踏
帝國的紅線

臺灣服用
日製美製安心劑
島內與境外唱和的合唱團

---

[16] C–17巨無霸大海豚軍機。

仍舊不停呱呱呱呱叫
攪擾醫護攪擾島嶼
正常的作息
在野黨玩不膩
成人版家家酒

2021.06.06

《笠》344期2021年8月號

施毒與解毒

他
一手放毒
一手賣解藥

他
一手阻擋友人給我解藥
一手拿著劣藥當釣餌

使用他疫苗的國家
確診人數不降反增

他的字典
缺少羞恥兩字
他繼續高調
自賣自誇他家解藥最棒最有效

他
魔音穿腦

抹黑我自製的疫苗
硬逼我接受
黑心解藥

2021.06.05
《笠》344期2021年8月號

親歷世紀大瘟疫

有生之年
親歷世紀大瘟疫
2020年
人類迎來黑暗新世界
面對陌生新型病毒
無奈與惶恐

臉書頻傳
外國詩友被武漢病毒攻擊
有人治癒，像從一場噩夢驚醒
有人驟別塵世，像一首尚未完成的詩

人與人距離越來越遙遠
跨洲旅遊喊停
國際詩歌交流止步
人人困於四面牆壁中
在各自房間孤獨旅行

久違的詩人
自地球另一端溫馨問詢
我說對政府防疫有信心
我不怕病毒
我怕撕裂島嶼的國內外敵人

親愛的朋友
願
劫後餘生
重逢

2021.06.07

和日本形成對照組

那國大地震
我們國人想都不想
立刻從錢包掏出
從銀行領出新臺幣
奉獻數十億愛心
祝禱那片裂開的土地
迅速療傷止痛

那國的回報是
用飛彈對準我們
打壓我們在國際的生存空間
攔截國際出售或贈送疫苗給我們
留島不留人恫嚇不絕
飛機繞臺如蚊蠅蟑螂擾人

2021.06.08

節日

確診人數圖處在高原區
萬眾期待轉成下坡線

群聚變成主要傳染途徑
有些家庭小心翼翼
每人戴口罩保持安全距離
在同一屋頂下
實施分流

官民齊呼籲
端午留在原地
南粽北送親情快遞
北孫不南送
避免病毒變成回家的伴手禮
染疫給父祖親戚鄰里
以往　回家探親是孝順
現在　不回家才是真愛

端午過後還有中秋節
相聚的心願如月
由缺變圓

2021.06.08
《笠》344期2021年8月號

政治戲胞

超前部署防疫？
超前部署選舉？
超前部署超前卸責？

各地居民
驚恐程度有異
幸福指數不同
很多人最大恐慌來自它們首長
首長一開口
說出越級的話
他們開始冒冷汗

管不好一張嘴
管理一座大城市
他不照鏡子
自我感覺帥爆
趁疫重返久違的舞臺
戰士披上耀眼戲袍

鎂光燈下口水噴濺

以為砲打別人賺取聲量

火苗就不會燒到自己屁股

政策隨風轉向

這裡火苗剛熄

那裡火苗竄起

權力慾是熱油

澆在烈火上

該打進醫護身體的疫苗

針頭轉向

一針一針打進一千多個

「志工」的手臂

一滴一滴眼淚

從醫護心中溢出

面對質疑

把卸責的「人性」發揮到極致

被害妄想症上身

如果有錯都是他人

扛著連續劇收視率
腦中虛擬下一幕
心中編造下一句臺詞
號稱光明的城市
何時能夠擺脫
黑暗

只有一套劇本
幾句臺詞
面對防疫第三級
未戰先向四級豎白旗
方舟建在口水上
封城之說把市民嚇到大賣場
群聚感染
市場正黃昏人群聚集
購回恐懼
面對鎂光燈腎上腺激升
在防疫競技場

鋼鐵人竟是塑膠製品
褪下光環
從神壇滾下來

掀起自購疫苗之亂
掩蓋防疫不力
近火不快撲熄
卻說要去海外提水來滅火
渾身政治戲胞
入錯行的演員用口水防疫
荒謬劇
演不完

2021.06.12

《笠》344期2021年8月號

口水與汗水

不在鎂光燈下放大自我
不藉麥克風搶聲量
沒有被害妄想症
不製造社會恐慌

不聲不響
把防疫做好做滿
滿城市民充分感受
沉默
比打雷更具有力量

政治舞臺
有人噴口水
有人流汗
市民打分數
防疫成績單
反映市長能力與人品

2021.06.01

疫苗之亂

沒有疫苗時
他們唱衰政府
一定買不到

進口疫苗後
他們誇大副作用
慫恿群眾勿施打

國民施打疫苗意願不高
他們說政府浪費
不該買疫苗

疫情爆發
他們一邊指責政府買太慢買太少
一邊暗中跑去施打
被他們抹黑的疫苗

一開始
他們大力鼓吹研發國產疫苗
後來他們吃錯藥
拚命打擊國產疫苗
推銷敵人的疫苗

全球都在搶疫苗
敵人又從中阻撓我國購買
他們對此從不吭一聲
不敢叫對岸別刁難
只會槍口朝內
打擊國人士氣

2021.06.13

他們

他們
看不見臺灣百合的純潔
只聞到對岸人民幣的味道

高鐵興建
他們說那是危險的廢鐵
興建完成
他們跟人家搶票

雪隧興建
他們潑冷水
興建完成
他們在隧道鑽進鑽出搶速度

國產疫苗護國神山
自救也救人
不求於人
他們卻往國產疫苗潑髒水

疫情燃燒
病毒發源國有人笑到掉淚
他們也高興到開香檳慶祝

他們
哪一國？

2021.06.13

【附錄】英／西譯詩

Virus takes no rest
（病毒無公休）
——Prologue of Virus Poetry Series

On Monday

Virus takes away the life of a poet

so that several poetry collections are decreased in the world.

On Tuesday

Virus takes away the life of an architect

so that several classic buildings are decreased in the world.

On Wednesday

Virus takes away the life of a violinist

so that the life strings of someone are broken.

On Thursday

Virus takes away the life of a priest

so that several sinners are increased in the world.

On Friday

Virus takes away the live of a child

so that some broken hearts are increased in the world.

On Saturday

Virus takes away the lives of men and women

so that more orphans are increased in the world.

On the Lord's Day

virus does not take a rest.

（Translated by Lee Kuei–shien）

2020.04.23

"*Musings During a Time of Pandemic—A World Anthology*

of Poems on COVID-19"（以Weekday為題，入選

《在瘟疫期間沉思——武漢肺疫世界詩選》2020.12）

The Alarm Clock of God
（上帝的鬧鐘）
——Virus Poetry Series

In the crowded metropolis
it is so quiet since
someone has passed away,
someone has been moved into the intensive care unit
and someone has been isolated to stay at home.

The vehicles crowded over the streets
has been driven into respective garages.
For whom the traffic lights flash
on crossroads now?

All empty squares
are governed by the statues,
while flying birds occasionally gather there
without keeping social distance.

Nobody worships in the temples.

The beach resort

remains only waves coming up and down

struggling to go ashore.

Nobody throws coin into fountain to make a wish.

After all, which hero is welcome by the wind

freely blowing through the Arc de Triomphe?

From Asia to Europe and then to America

all territories have been quickly colonized by the virus.

When the alarm clock of God

will ring to wake up

the cities in hibernation

one after anoher.

（Translated by Lee Kuei–shien）

2020.04.08

His Life was so misled by the Plot（人生的劇情被誤導）
——Virus Poetry Series

In Paris
he died of Wuhan virus.

He was a comedian
who performed many vivid comedies
yet his life
was ended in a tragedy.

He was a director
who directed many interesting plays
yet his life
was so misled by the plot
that no idea about who was director before his dying.

He was a translator
who understood various languages

yet he couldn't realize the significance of

the plague, a big historical drama.

He was a writer

who continued to meditate about many works

yet his pen

was abruptly taken away by the virus.

（Translated by Lee Kuei–shien）

2020.04.28

"*Musings During a Time of Pandemic—A World Anthology*

of Poems on COVID-19"（以 The Characters 為題，入選

《在瘟疫期間沉思──武漢肺疫世界詩選》2020.12）

Only one hospital bed is left in the world
（世界剩下一張病床）
——Virus Poetry Series

Isolated from the parent,

isolated from the mountain,

isolated from the sea

and isolated from heaven and earth,

only one hospital bed is left in the world.

The physical body is longing for

isolating from virus,

The heart is also longing for

isolating from the plaque.

God

cannot be seen, heard and even touched.

A lamp is lit

in pursuit of God

for dismissing a long-term isolation

from God.

（Translated by Lee Kuei–shien）

2020.04.29

"*Musings During a Time of Pandemic—A World Anthology*

of Poems on COVID-19"（以 Isolation 為題，入選

《在瘟疫期間沉思──武漢肺疫世界詩選》2020.12）

Solo queda una cama de hospital en el mundo
（世界剩下一張病床）
——Virus Poetry Series

Aislado de los padres,

aislado de la montaña,

aislado del mar

y aislado del cielo y de la tierra,

sólo queda una cama de hospital en el mundo.

El cuerpo físico anhela

aislar del virus,

El corazón también anhela

aislar de la placa.

Dios

no se puede ver, oír e incluso tocar.

Una lámpara está encendida

en busca de dios

por descartar un aislamiento a largo plazo

de Dios.

（Traducido por Emilio Martin Paz Panana）

2020.04.29

"Revista KametsaArtes literarias, vida y más" 2021.06.05

（Kametsa 雜誌文學藝術、生活等）

含笑詩叢17　PG2579

 病毒無公休
——陳秀珍詩集

作　　者	陳秀珍
責任編輯	陳彥儒
圖文排版	蔡忠翰
封面設計	蔡瑋筠

出版策劃	釀出版
製作發行	秀威資訊科技股份有限公司
	114 台北市內湖區瑞光路76巷65號1樓
	電話：+886-2-2796-3638　傳真：+886-2-2796-1377
	服務信箱：service@showwe.com.tw
	http://www.showwe.com.tw
郵政劃撥	19563868　戶名：秀威資訊科技股份有限公司
展售門市	國家書店【松江門市】
	104 台北市中山區松江路209號1樓
	電話：+886-2-2518-0207　傳真：+886-2-2518-0778
網路訂購	秀威網路書店：https://store.showwe.tw
	國家網路書店：https://www.govbooks.com.tw
法律顧問	毛國樑　律師
總 經 銷	聯合發行股份有限公司
	231新北市新店區寶橋路235巷6弄6號4F
	電話：+886-2-2917-8022　傳真：+886-2-2915-6275

出版日期	2021年8月　BOD一版
定　　價	280元

國家圖書館出版品預行編目

病毒無公休：陳秀珍詩集/陳秀珍著. -- 一版.
　-- 臺北市：釀出版, 2021.08
　　面；　公分. -- (含笑詩叢；17)
　BOD版
　ISBN 978-986-445-509-6(平裝)

863.51　　　　　　　　　110011716